Mark Sarg

Der Papst im Koffer

Mark Sarg

Der Papst im Koffer

Bizarre Kurzgeschichten

Goldene Rakete Verlag für Belletristik

Imprint

Cover image: www.ingimage.com

Publisher:
Goldene Rakete Verlag für Belletristik
is a trademark of
International Book Market Service Ltd., member of OmniScriptum Publishing Group
17 Meldrum Street, Beau Bassin 71504, Mauritius

Printed at: see last page
ISBN: 978-620-2-44572-6

INHALTSVERZEICHNIS

DIE ALLERHEILIGSTE KUTSCHE

ODER DER UNUMSTÖSSLICHE BEWEIS

Eine violette Kutsche, in der sich der Teufel nebst engsten Vertrauten jeden Sonntag hinter halb geschlossenen Vorhängen zu seiner Erbauung durch die Stadt chauffieren ließ, bewirkte wie durch ein Wunder, dass jedermann augenblicklich innehielt, sich ehrfürchtig bekreuzigte und auf die Knie fiel.

Wie solch eine Verblendung möglich war?

Ganz einfach. Auf beiden Türen glänzte die goldene Aufschrift „Allerheiligste Kutsche“ – und darüber prangte als „unumstößlicher“ Beweis ein ***Kreuz***!

DER UNENTGELTLICHE

Dr. Aviso Vogelpapst kam völlig unentgeltlich in jedes Haus, wann immer er gerufen wurde.

Um das, was er dann freilich anstellte, wieder ***rückgängig*** zu machen – wäre seinen „Patienten“ indes wohl ***kein*** Preis zu hoch erschienen.

Wenn es ihnen nur ***möglich*** gewesen wäre …

DIE LEICHE UND IHR GEMAHL

Bei einem nächtlichen Besuche bat die kürzlich verblichene Hofrätin Krauthilde Godemichl ihren noch lebenden Gemahl Sahnebert, ihr Zigaretten zu besorgen. Auf dem Wege wurde er jedoch von einem Auto überrollt.

„Jetzt bleibst du mir endlich für ***immer*** treu, Darling!“, frohlockte sie, als man ihn zu ihr auf den Friedhof brachte.

Und bezahlte noch am selben Tage den Chauffeur des „Unfall“-Wagens von ihrem im Sarg versteckten Taschengeld.

„SOLL ICH MICH MALTRÄTIEREN?“

„Soll ich mich malträtieren?“, wog der spätere Marquis Béchamel Tannenrausch das Für und Wider einer Geburt sorgfältigst gegeneinander ab – und entschied sich erstaunlicherweise ***dafür***.

Worauf er sich nun in der Folge 90 Jahre lang höchst „erfolgreich“ malträtierte – bis er dann energisch fand: „Jetzt ist ***Schluss*** damit! Für eine ganze ***Weile*** wenigstens!“

DAS VERRUTSCHTE GESCHÖPF

Ein Geschöpf verrutschte einem ständig, sodass man es niemals zu fassen bekam oder gar zu halten vermochte.

Hätte man freilich geahnt, wer oder was es ***wirklich*** war – hätte man dies auch mit Sicherheit nicht mehr gewollt!

DIE LEUTE VON DANEBEN

Die Leute von daneben waren alle ***völlig*** daneben –
und nahmen sich eines Sonntags sogar das Leben.

Die ***neuen*** Leute von daneben waren zwar noch ***mehr*** daneben
– blieben dafür aber leider auch desto ***länger*** am Leben …

„BEKEHREN SIE MICH!“

„Bekehren Sie mich doch endlich, wie lange soll ich denn noch so finster vor mich hin darben?!“, bedrängte ungestüm Miss Zarzuela Hinterkoffer ihren Therapeuten Dr. Parmesano Reißverschluss – bis er ihr unmissverständlich klar machte, dass es einzig an ihr selber läge, dieses zu tun.

Da kehrte sie ihm gleich ihr Hinterteil entgegen, wies ihm das Götz-Zitat – und suchte sich einen neuen Psychiater.

„BEKEHREN SIE MICH NICHT!“

„Bekehren Sie mich nicht, ich bleibe garantiert so, wie ich bin!“ Beharrlich verbat sich Bischof Emilio Grünhengst jegliche Einflüsterung seiner besorgten Schutzgeister.

Und er starb hochbetagt und -angesehen im Schoße seiner Kirche.

Aber drüben brachte man es dann erstaunlich ***rasch*** zuwege, ihn doch noch zu bekehren …

„BEKEHREN SIE SICH!“

„Bekehren Sie sich schleunigst, sonst tue ***ich*** es!“, forderte Lady Lavinia Seidenstrumpf ultimativ ihren trunksüchtigen Lord Nimrod auf – der freilich auch diesmal kein Ohr rührte.

Sodass sie ihre Drohung tatsächlich umsetzte – und sich durch die längst fällige Scheidung zum Alleinsein bekehrte.

„BEKEHREN SIE SICH NICHT!“

„Bekehren Sie sich ***ja*** nicht, sonst sind Sie mich ein für alle Mal los!“, warnte der Teufel Papst Salzhirn X. stets eindringlich, wenn diesen Schuldgefühle oder Zweifel überkamen.

Doch war Seine Heiligkeit eben dringend auf die so wirksame Hilfe des „Widersachers“ angewiesen – damit er den Gläubigen nur tüchtig weiter den Verstand umneble und sie energisch vor eigenständigem Denken bewahre.

Und wie nahezu ***alle*** vor- und nachher blieb er ihm daher auch um des „höheren Zweckes“ willen gerne treu.

DAS NÄRRISCHE GESCHÖPF

Ein närrisches Geschöpf hüpfte den Leuten auf den Nasen herum und trieb auch sonst den tollsten Schabernack mit ihnen.

Und sie ließen es nicht nur widerspruchslos geschehen, sondern ***bekreuzigten*** sich auch noch dankbar.

Nur weil es sich um den ***Erzbischof*** handelte.

DAS HEILIGE GESCHÖPF

Ein „heiliges“ Geschöpf ernährte sich ausschließlich von Kirchenluft und Weihwasser, sodass es immer ***noch*** heiliger wurde.

Und als es gar ***platzte*** vor Heiligkeit – krochen rasch zwei kleine Teufel aus ihm heraus und fuhren schleunigst heim zur Hölle.

DIE GUSTIÖSE LEICHE

Eine Leiche war so gustiös, dass man es beim besten Willen nicht übers Herz brachte, sie zu beerdigen.

Man fraß sie stattdessen mit Hochgenuss auf.

DIE UNGUSTIÖSE LEICHE

In einem Park unweit der Kathedrale von Freudlhausen entdeckte man eine Leiche, die sich in einem solch ungustiösen, abstoßenden Zustande befand, dass man sie auf dem Marktplatz als abschreckendes Beispiel ausstellte, wie es jedermann erginge, der offenbar nicht den Geboten Gottes und der Kirche gefolgt war.

Erst nach geraumer Zeit erkannte man mit Schrecken, dass es sich wohl um den seit Jahren verschollenen Erzbischof Nathalicus Papstkuss handelte.

Da sprach man ihn rasch als Märtyrer heilig und bestattete ihn feierlich in allen Ehren.

DAS CHAMPAGNERGESCHÖPF

Ein Geschöpf aus der Normandie
trank Champagner von spät bis früh.

Nur ***untertags*** hatte es so seine Müh'
– mit dem menschlichen Federvieh …

DIE VOLLKOMMENE EHE

Die Ehe zwischen dem renommierten Psychiater Dr. Schattenhut Papstlurch und seiner nicht minder prominenten Kollegin Dr. Ottilie Geierzahn war so „vollkommen“, dass es wahrlich niemandem auf Erden gelang, sie wieder aufzulösen. Selbst im Tode waren sie noch „eins“ – und konnten nicht einmal mehr vom fassungslosen Gerichtsmediziner getrennt werden.

Durch ihr aufopferndes und anschauliches Beispiel hofften sie, wie sie im Testamente postulierten, einen wirkungsvollen Beitrag ***gegen*** die „Verklärung und Beweihräucherung der Institution Ehe“ geleistet zu haben.

Der jedoch bis dato keineswegs ausreichend ***gewürdigt*** scheint …

DAS LEBENDIGE GESCHÖPF

Ein lebendiges Geschöpf ***starb*** eines Tages völlig abrupt und unerwartet.

Man war empört und fassungslos – und warf es zur Strafe in ein Grab!

DAS MAKABRE GESCHÖPF

Ein makabres Geschöpf hauste in den Katakomben und nahm stets den Kopf ab vor dem Schlafengehen.

„Sollte ich ihn wirklich einmal wiederaufzusetzen vergessen, fällt es hier wohl auch nicht weiter auf!“, tröstete es sich.

DIE UNERSÄTTLICHE

„Da ist schon ***wieder*** diese Leiche!“, raunte Mrs. Sapphi Wackersack ihrem Neffen Ernest Dreamgack zu, als sie jene beim dritten Besuch desselben Films erneut verstohlen in der letzten Reihe kauernd sah. „Die kann wohl auch niemals genug kriegen!“

Kein Wunder, handelte der Streifen doch von schaurig-schönen Friedhofsgeschichten.

DAS NILPFERD UND DIE LEICHE

Mit einem Veilchenstrauß warb der verblichene Marquis Cordelius Bettelsack um die hohe Gunst, ein Nilpferd reiten zu dürfen. „Nur über meine Leiche!“, ließ ihn dieses kalt abblitzen, nachdem es die Blumen gefressen hatte.

Worauf er nun geduldig und treu ausharrte – bis sein Wunschobjekt einem Badeunfall erlegen war, und sich dann prompt wieder bei ihm meldete.

Einer überaus geglückten und vergnüglichen Beziehung stand somit nichts mehr im Wege. Die beiden reiten heute noch: Alternierend der Marquis das Nilpferd – und umgekehrt.

DAS PÄPSTLICHE GESCHÖPF

Ein päpstliches Geschöpf vergaß in seiner Päpstlichkeit, dass es vor allem eben ein ***Geschöpf*** war – und gebärdete sich immer mehr, als wäre es der ***Herr*** der Welt.

Und als es zu seiner ungemeinen Verblüffung starb – hatte es sich längst in ein ***teuflisches*** Geschöpf verwandelt.

So leicht verschieben sich oft die Konturen …

DAS UNPÄPSTLICHE GESCHÖPF

Ein unpäpstliches Geschöpf lud den Teufel ein zum Tee. „Ich verkehre prinzipiell nur in ***päpstlichen*** Kreisen!“, ließ der es kalt abblitzen.

Da lud es rasch den Papst ein. Der konnte natürlich keiner Einladung widerstehen – und brachte als seine rechte Hand auch gleich den Teufel mit.

Und als nun endlich alle beisammen waren – tanzten sie fromm Ringelreihen und zogen sich an den Haaren.

DAS IDEOLOGISCHE GESCHÖPF

Ein Geschöpf drehte sich stets im Kreise
auf jede nur erdenkliche Art und Weise.

Und wenn es mal zum Stillstand kam
– legte es die halbe Welt gleich lahm!

DAS UNERWÜNSCHTE GESCHÖPF

Ein unerwünschtes Geschöpf orderte in einer Wein- und Spirituosenhandlung 2 Liter Grünen Veltliner sowie 1 Schnapsleiche. „Wenn Sie nicht gleich verschwinden, mache ich ***Sie*** zu einer solchen!“, drohte ihm der erboste Inhaber, Marquis Sahnebart Bettelstrumpf.

„Wie Sie wünschen“, erwiderte das Geschöpf kulant und verschwand. Doch nahm es den Marquis mit sich – nachdem es ihn in einem Fasse Slibowitz ertränkt hatte.

Auf den Wein verzichtete es großzügigst dafür.

DAS UNERWÜNSCHTE GESCHÖPF UND

DAS UNERWÜNSCHTE GESÖFF

Ein unerwünschtes Geschöpf kredenzte einem unerwünschten Gaste ein unerwünschtes Gesöff.

Nachdem er daran zugrunde gegangen war, vergrub es ihn im Garten seines unerwünschten, verreisten Nachbarn, verkaufte dessen Haus und buchte vom Erlös eine Luxuskreuzfahrt in der Südsee – während der es ertrank.

Was seine unerwünschten Mitpassagiere freilich als durchaus ***erwünscht*** priesen!

DIE UNERWÜNSCHTEN BIERHAUSGESCHÖPFE

Ein unerwünschtes Geschöpf versuchte in einem überfüllten Bierhaus den Leuten ihr Allerheiligstes wegzutrinken.

Empört fielen sie über es her, um es zu vertreiben – doch ***vergewaltigte*** es stattdessen der Reihe nach jeden Einzelnen von ihnen.

Die geradezu unglaubliche Folge: Eine ***Epidemie*** „unerwünschter Bierhausgeschöpfe“ – die bis heute unvermindert anhält …

DAS LEICHENFRESSERCHEN

Ein Leichenfresserchen hatte endgültig genug von seiner grausigen Atzung.

Es entschlackte sich gründlich – und wurde Papst!

DIE TANZENDE SCHILDKRÖTE

Eine Schildkröte tanzte die ganze Nacht lang wie von Sinnen zu berauschenden Walzerklängen.

Denn sie hatte schon ***wieder*** zu viel getrunken!

DIE HEILIGE MÜLLTONNE

Als heilige Entsorgungstonne für sämtliche christlichen Frevel verstand sich Papst Ringelwitz III. in stolzer Demut sein Leben lang.

Und dementsprechend legte er auch immer mehr an Gewicht zu – bis er am Ende, gänzlich unheilig, ***platzte***.

DER UNERBITTLICHE KARDINAL

Kardinal Ludovico Selchstrumpf klopfte den Ungläubigen so lange auf die Schädel, bis sie endlich Kopfweh hatten.

Und dann bekehrte er sie schleunigst zum Katholizismus.

Doch die Schmerzen blieben leider.

DER BANDWURM UND DIE LEICHE

Ein Bandwurm eröffnete der ehemaligen Comtesse Baldura Krautfett feierlich: „Einst war ich mal bei dir zu Gaste; ich habe dich in allerbester Erinnerung seither. – Darf ich mich nun ein klein wenig revanchieren und dich zu ***mir*** einladen?“ Da sie ohnehin gerade nichts Besseres vorhatte und obendrein neugierig war, wie der Gastgeber hauste, nahm sie dankbar an.

Die beiden vergnügten sich wider Erwarten dermaßen, dass sie anschließend sogar – ganz ohne Pfarrer – ***heirateten.***

Nach dem Tode ist eben alles möglich!

DIE BLATTLAUS UND DIE LEICHE

„Wie kann man bloß um Himmels willen das Blatt, auf dem man selber sitzt, auffressen!“, mokierte sich die selige Baronesse Zephira Filzjack, als sie bei einer Blattlaus zum Tee war. – „Und Sie, meine Beste, sägen eben den Ast an, auf dem Sie hocken, indem Sie mir derartige Frechheiten ins Gesicht sagen!“

Da kamen sie überein, sich nicht länger gegenseitig zu nerven. Denn: „Wenn ***wir*** der Welt nicht mit gutem Beispiele vorangehen, wer soll es dann tun?!“

Und sie schieden voneinander mit friedlichem Zungenkuss.

DER RICHTER UND DIE LEICHE

„Mich ***kannste*** nicht mehr hängen – und wenn ich dir hinten ***hinein***krieche!“, triumphierte die frühere Oberstudienrätin Xandrine Hüttenstrumpf, nunmehr Abgesandte des „Vereins der durch die Winkelzüge der Justiz um ihr Leben Geprellten“, gegenüber Richter Jaroslav Brandlaus, der berüchtigt war für seine ***besonders*** schamlose Rechtsbeugung.

Und sie tanzte provokant vor ihm umher, drehte ihm eine lange Nase und streckte ihm ihr Hinterteil entgegen. Worauf er in maßloser Wut über seine Ohnmacht ***ihr*** hinten hineinkroch.

Da verurteilte sie ihn im Namen des Vereins wegen grober Unschicklichkeit sowie Störung der Totenruhe zu 20 Jahren Haft in den Särgen seiner Opfer.

Und da der Richtspruch unverzüglich zu vollstrecken war, nahm sie ihn gleich mit, ehe er wieder herauskriechen konnte.

DER KAPRIZIÖSE BARON

Baron Florimond Birnensack begehrte prinzipiell nur das ***Beste*** und ***Schönste*** von allem.

Und wo immer ihm dieses nicht erreichbar war – wählte er dann trotzig das ***Schlechteste*** und ***Hässlichste***.

Mit dem er dann justament auch nicht zufrieden war!

DIE LEICHE UND DAS GLÜHWÜRMCHEN

Zu einem Gläschen Glühwein fein
lud ein Glühwürmchen eine Leiche ein.

Doch diese sagte einfach ***nein*!**
Kann so etwas denn ***möglich*** sein?!

DAS BISCHÖFLICHE ROTZMENSCH

Ein weithin verrufenes Rotzmensch[1] war mit sich und der Welt endlich im Reinen. „Eigentlich ***die*** Gelegenheit, mein bisheriges Image abzustreifen!“, fand es und entschied sich gleich gar, eine ***kirchliche*** Laufbahn einzuschlagen.

Worauf es prompt zum Lohn für seine Läuterung, sowie als Signal an alle übrigen Rotzmenscher von Papst Ochsendepp dem Schlauen zur ersten katholischen Bischöfin geweiht wurde.

Doch anstatt ihr heiliges Amt für dringliche Reformen zu nutzen – vermehrte sich nun unter ihrer Ägide die Zahl der Rotzmenscher so ***drastisch***, dass dies bis heute in die höchsten kirchlichen Kreise nachwirkt.

Und das, obwohl Frauen dort seither ausgeschlossen sind …

---

[1] Ungezogenes Mädchen, Göre

DER ELEFANT IM BABYSARG ODER

DIE KRAFT DER RELIGION

Der schnöden Welt das scheinbar ***Unmögliche*** zu bezeugen, allein durch die Kraft der Religion – sah ein fernöstlicher Elefant als sein stolzes Vermächtnis an.

Er ließ sich in einem ***Baby***sarg beisetzen – nachdem er in heiligem Ritus verbrannt worden war.

DIE LEICHE UND DIE BRENNNESSEL

Zum Ausruhen beim Sonntagsausflug setzte sich der frühere Baron Klotzschuh von Windbeutel direkt in eine Friedhofsbrennnessel. „Wie kann man bloß so doof sein?“, wunderte sich diese. „Ich war mein Leben lang mit einer ***Distel*** verheiratet!“, eröffnete er ihr hingegen stolz.

„Das ist ja noch doofer!“, dachte die Brennnessel kopfschüttelnd – und nahm sich fest vor, in keinem ihrer Leben jemals ***Mensch*** zu werden.

DAS VERWUNSCHENE GESCHÖPF

Ein verwunschenes Geschöpf besuchte den Teufel in seiner Küche. „Sie kommen mir gerade recht, mein Schatz“, freute er sich, „um meine Suppe zu verfeinern!“ Und er wollte es schon in den dampfenden Kessel tun – doch mit einem einzigen Augenaufschlag becircte ihn das Geschöpf so sehr, dass er selbst hineinsprang.

Aber natürlich nur, um ein Bad darin zu nehmen. Und die Suppe durfte anschließend mit Hochgenuss der ***Papst*** auslöffeln – dem sie das Geschöpf in seiner Eigenschaft als ***Kardinal*** „mit heiligsten Grüßen“ in einer Silberterrine reichte.

DER PAPST IM KOFFER

Von einer Romreise nach Paris heimgekehrt, öffnete Monsieur Abdullah Krautschädel seinen Koffer – und fiel vor Überraschung und Ehrfurcht auf die Knie: Der ***Papst*** kauerte darin!

Doch hatte dieser keine Hände und Füße mehr – sodass er voller Mitleid seine Gewänder zu küssen begann. Worauf ihn Seine Heiligkeit ***empört*** zurückwies:

„***Unterstehen*** Sie sich, mir an die ***Wäsche*** zu wollen, Sie Molch! – Da hätte ich ***gleich*** im Vatikan bleiben können!“

ZWEIFELHAFTE COUSINEN

Äußerst gebieterisch verlangten die Cousinen Mrs. Hilla Lamenthill und Miss Mary Vandermill in einer Bäckerei eine Bierbrezel – die man ihnen jedoch im Hinblick auf ihren zweifelhaften Ruf striktest verwehrte.

Und dies durchaus nicht zu Unrecht. Hatten sie doch vor Jahren wechselseitig ihre ***Eltern*** mit einer überdimensionierten, gefrorenen Bierbrezel erschlagen!

DER MORD ZU HEILIGABEND

Ein Mord wusste am Heiligen Abend einfach wirklich nicht, ***wen*** er besuchen oder einladen sollte. War er doch zu diesem Zeitpunkte ganz ***besonders*** unerwünscht.

Er steigerte sich darob in eine solch ***abgrundtiefe*** Depression, dass er keinen anderen Ausweg sah, als sich während der Christmette vom Kirchturm zu stürzen.

Printed by Books on Demand GmbH, Norderstedt / Germany